Dédales

Collectionnez les marque-pages de vos héros de polar historique !

Les Humanoïdes Associés & 13ème RUE LA CHAINE ACTION ET SUSPENSE

sont heureux de proposer une gamme de 7 ex-libris marque-pages exclusifs.

Attention : tirage limité !

Les marque-pages sont insérés en exclusivité dans le 1er tirage du tome 1 de chaque nouvelle série.

Découvrez-les tout au long de l'année 2005 au fur et à mesure de leur sortie en librairie.

www.humano.com/dedales

SALOMÉ

Éric PRUNGNAUD Giuseppe PALUMBO

SALOMÉ

La Noyée du Tibre

Dédales

Les Humanoïdes Associés

DANS LA MÊME COLLECTION

de P. Weber & B. Brindisi

NOVIKOV
Tome 1 - Le Fou de Dieu

de F. Le Berre & M. Rouge

SHIMON DE SAMARIE
Tome 1 - Tu ne tueras point

de A. Paris, F. Le Berre & S. Palumbo

GALATA
Tome 1 - Le Poète assassiné

www.humano.com

Collection animée par Bruno Lecigne.

Conception graphique : Stéphane Martinez
Lettrage : David Panzo
Couleurs : Lucien Gorlier

Remerciements de l'éditeur à l'agence de création Red Whale (Rome) pour son concours.

SALOMÉ TOME 1
LA NOYÉE DU TIBRE

Première édition 2005 - Les Humanoïdes Associés

Achevé d'imprimer en mai 2005
sur les presses de l'imprimerie Lesaffre, à Tournai en Belgique.

Dépôt légal juin 2005

ISBN : 2 7316 1695 4
43 0919 1

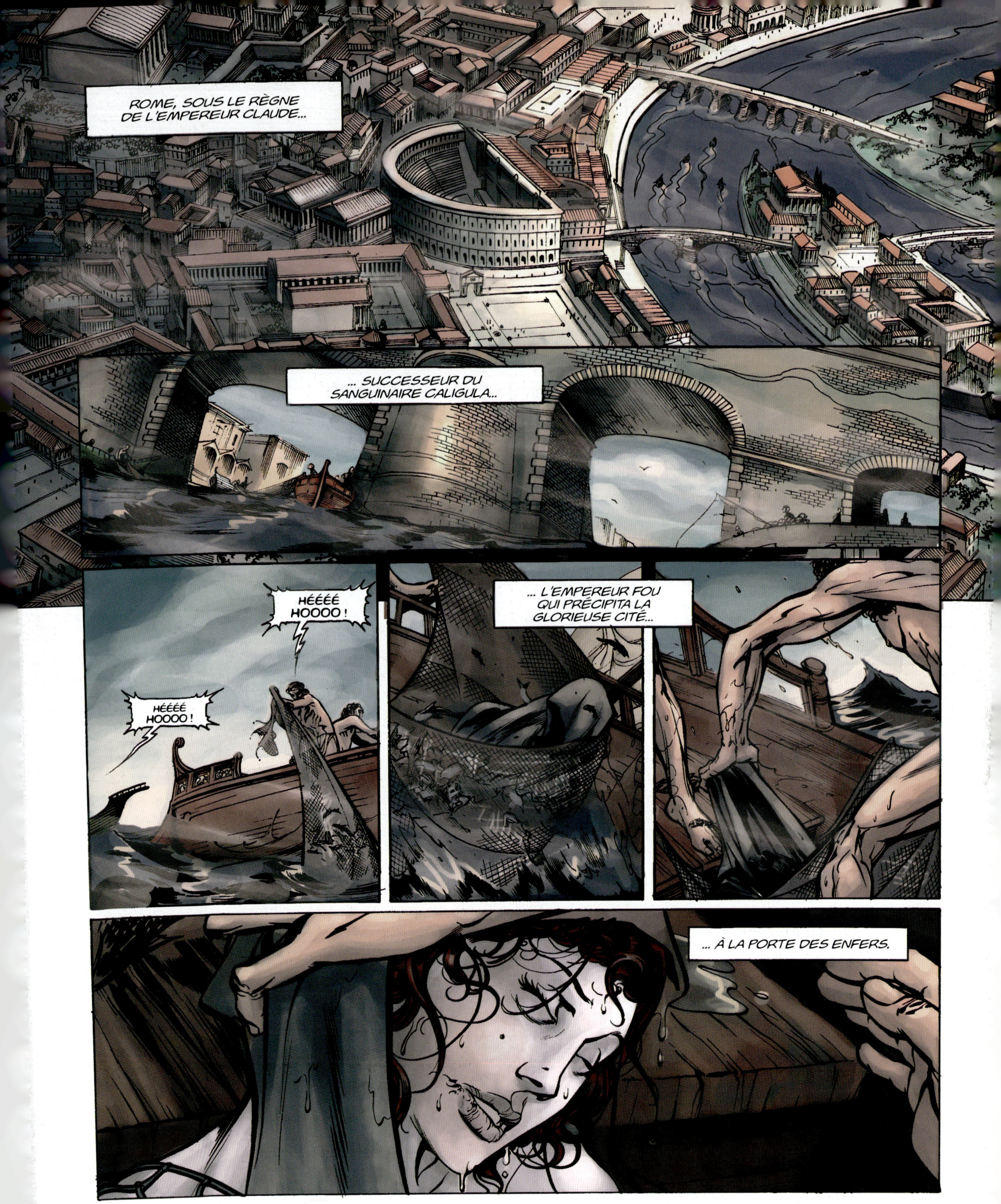
ROME, SOUS LE RÈGNE DE L'EMPEREUR CLAUDE...
... SUCCESSEUR DU SANGUINAIRE CALIGULA...
HÉÉÉÉ HOOOO !
HÉÉÉÉ HOOOO !
... L'EMPEREUR FOU QUI PRÉCIPITA LA GLORIEUSE CITÉ...
... À LA PORTE DES ENFERS.

VOIE SACRÉE, DANS LE CENTRE DE ROME.
VIVAT ! VIVAT !
VIVAT ! VIVAT !
S.P.Q.R
LE PEUPLE ACCLAME SON ARMÉE APRÈS LA CONQUÊTE DU SUD DE LA BRETAGNE.
GLOIRE ! À L'EMPEREUR CLAUDE !!!
VIVAT ! VIVAT !
VIVAT ! VIVAT !
VIVAT ! VIVAT !

MARCUS !

MARCUS !
REGARDEZ, LES DIEUX LUI PARLENT !
JE LA CONNAIS, C'EST SALOMÉ, ESCLAVE DE LA FAMILLE MELINAS.
QUEL MESSAGE T'ENVOIENT LES DIEUX SALOMÉ ?
OUI, DIS-NOUS CE QUE TU VOIS !

DEMEURE DU SÉNATEUR TIBERIUS MELINAS
AÏE !
TU M'AS FAIT MAL SALOMÉ !
PARDONNEZ-MOI MAÎTRESSE !
QUELLE IDIOTE ! POURQUOI ES-TU SI MALADROITE AUJOURD'HUI ?
RÉPONDS-MOI QUAND JE TE PARLE !
LÂCHEZ-MOI JULIA !
ALORS DIS-MOI CE QUE TU AS !
J'AI EU UNE TERRIBLE VISION...
EXCUSE-MOI D'ÊTRE SI BRUTALE ! TU SAIS COMBIEN J'AI LES NERFS FRAGILES. RACONTE-MOI JE T'EN PRIE ! JE SUIS CONCERNÉE ?
J'AI VU UN HORRIBLE SERPENT VERT AUX YEUX ROUGES, LA GUEULE OUVERTE, PRÊT À MORDRE...
UN SERPENT VERT AUX YEUX ROUGES ? MON AMIE PAULINA POSSÈDE UN TEL BIJOU.
ELLE EST EN DANGER, C'EST ÇA ? MAIS PARLE-MOI !

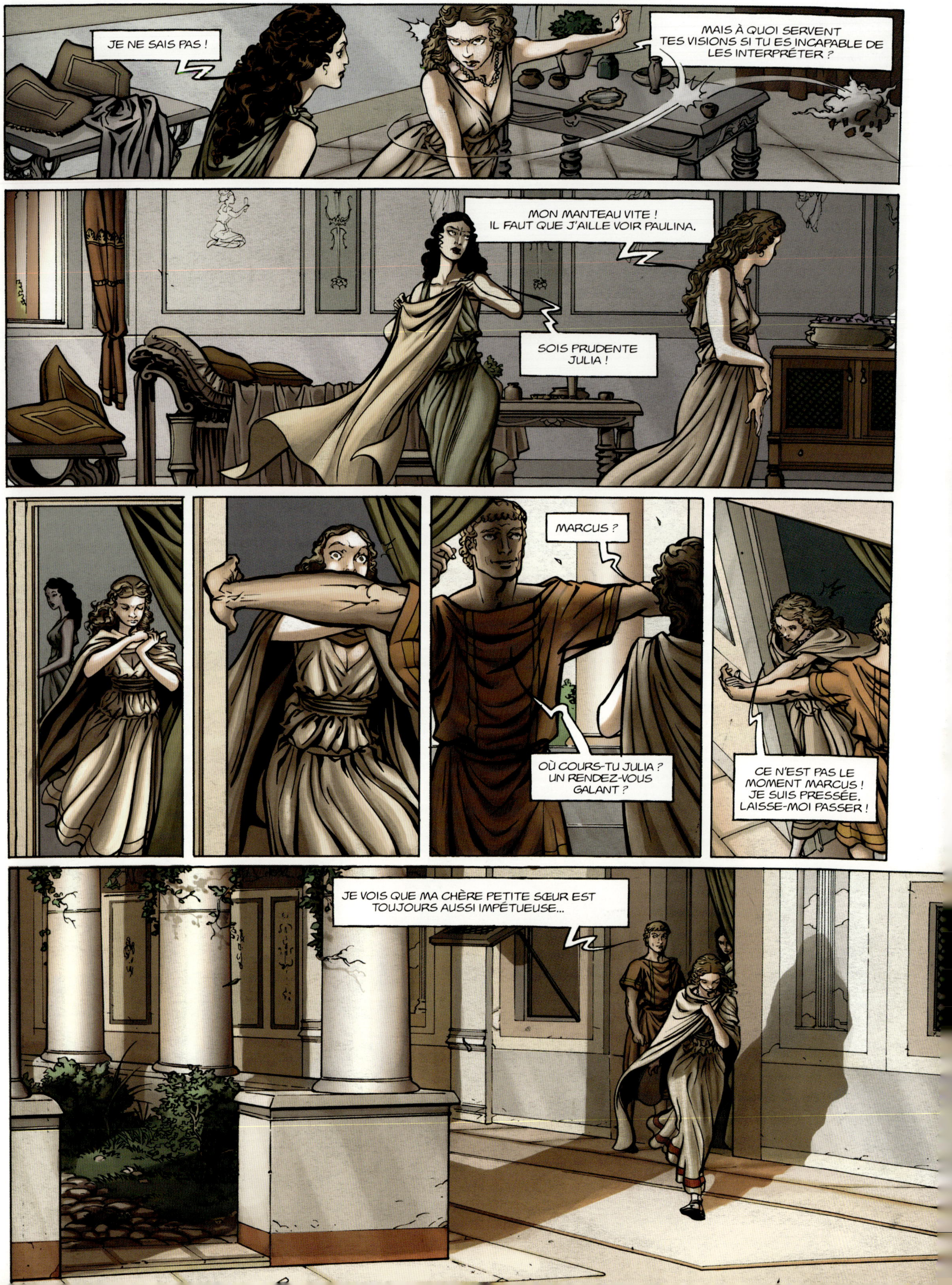
JE NE SAIS PAS !
MAIS À QUOI SERVENT TES VISIONS SI TU ES INCAPABLE DE LES INTERPRÉTER ?
MON MANTEAU VITE ! IL FAUT QUE J'AILLE VOIR PAULINA.
SOIS PRUDENTE JULIA !
MARCUS ?
OÙ COURS-TU JULIA ? UN RENDEZ-VOUS GALANT ?
CE N'EST PAS LE MOMENT MARCUS ! JE SUIS PRESSÉE. LAISSE-MOI PASSER !
JE VOIS QUE MA CHÈRE PETITE SŒUR EST TOUJOURS AUSSI IMPÉTUEUSE...

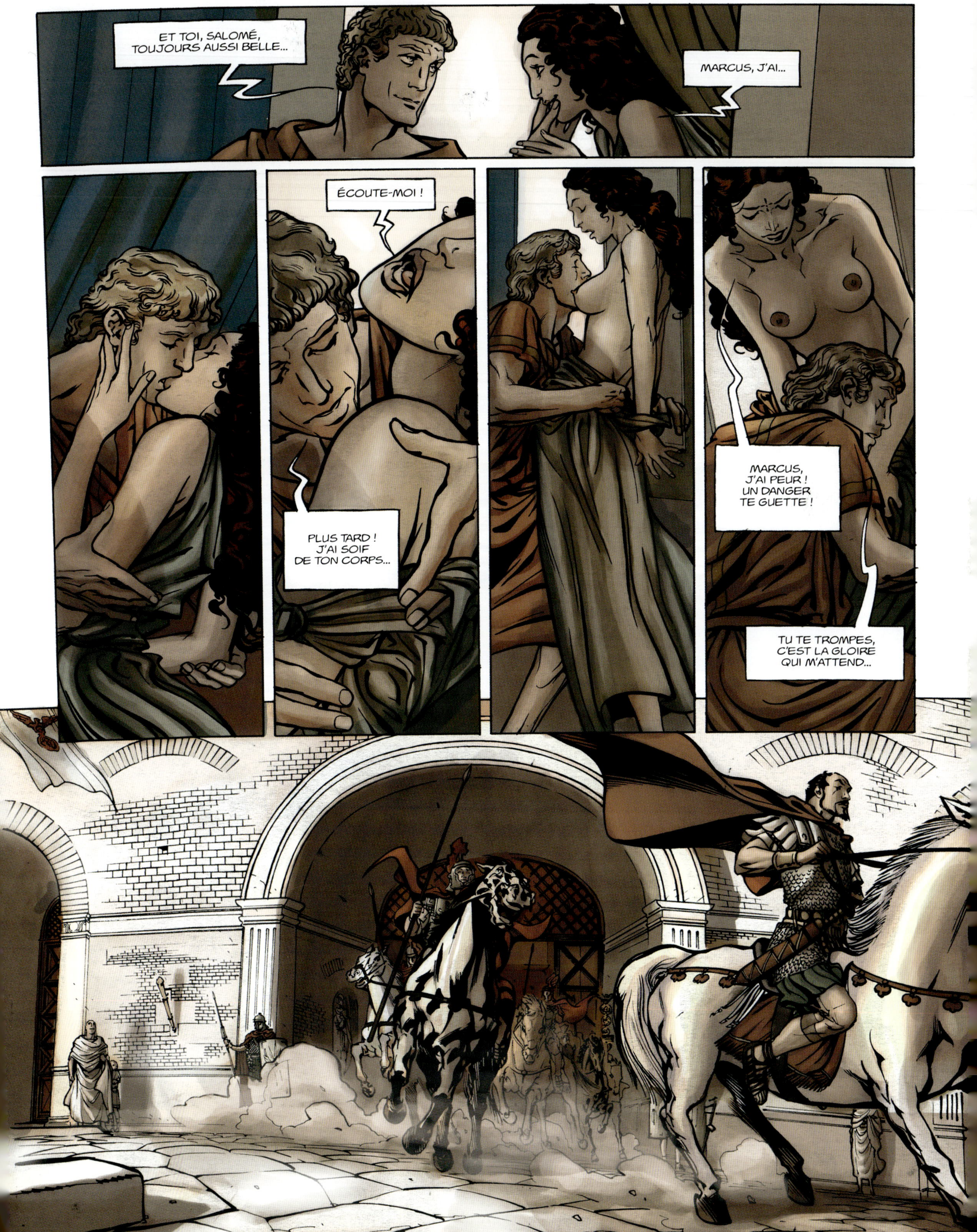
ET TOI, SALOMÉ, TOUJOURS AUSSI BELLE...
MARCUS, J'AI...
ÉCOUTE-MOI !
PLUS TARD ! J'AI SOIF DE TON CORPS...
MARCUS, J'AI PEUR ! UN DANGER TE GUETTE !
TU TE TROMPES, C'EST LA GLOIRE QUI M'ATTEND...

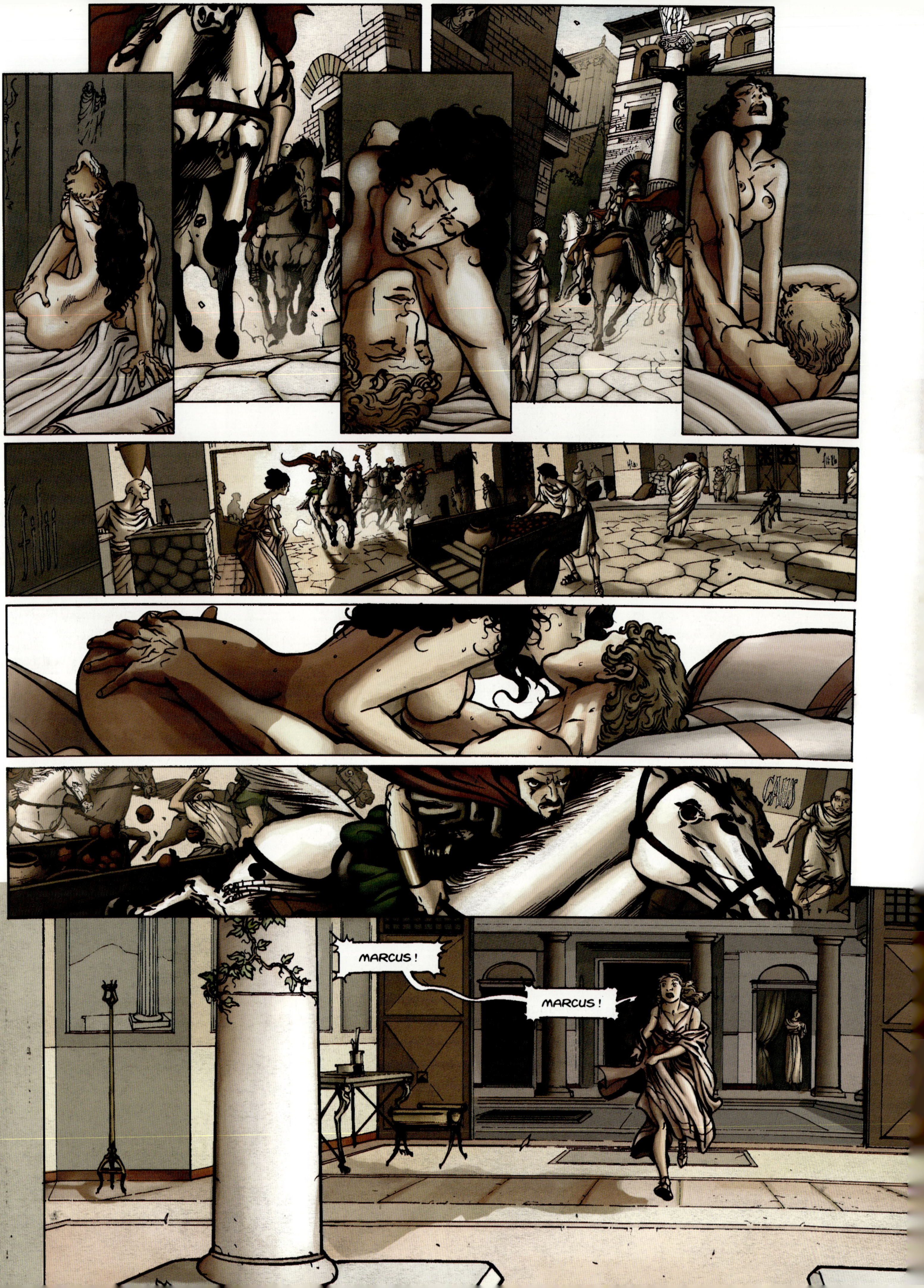
MARCUS !
MARCUS !

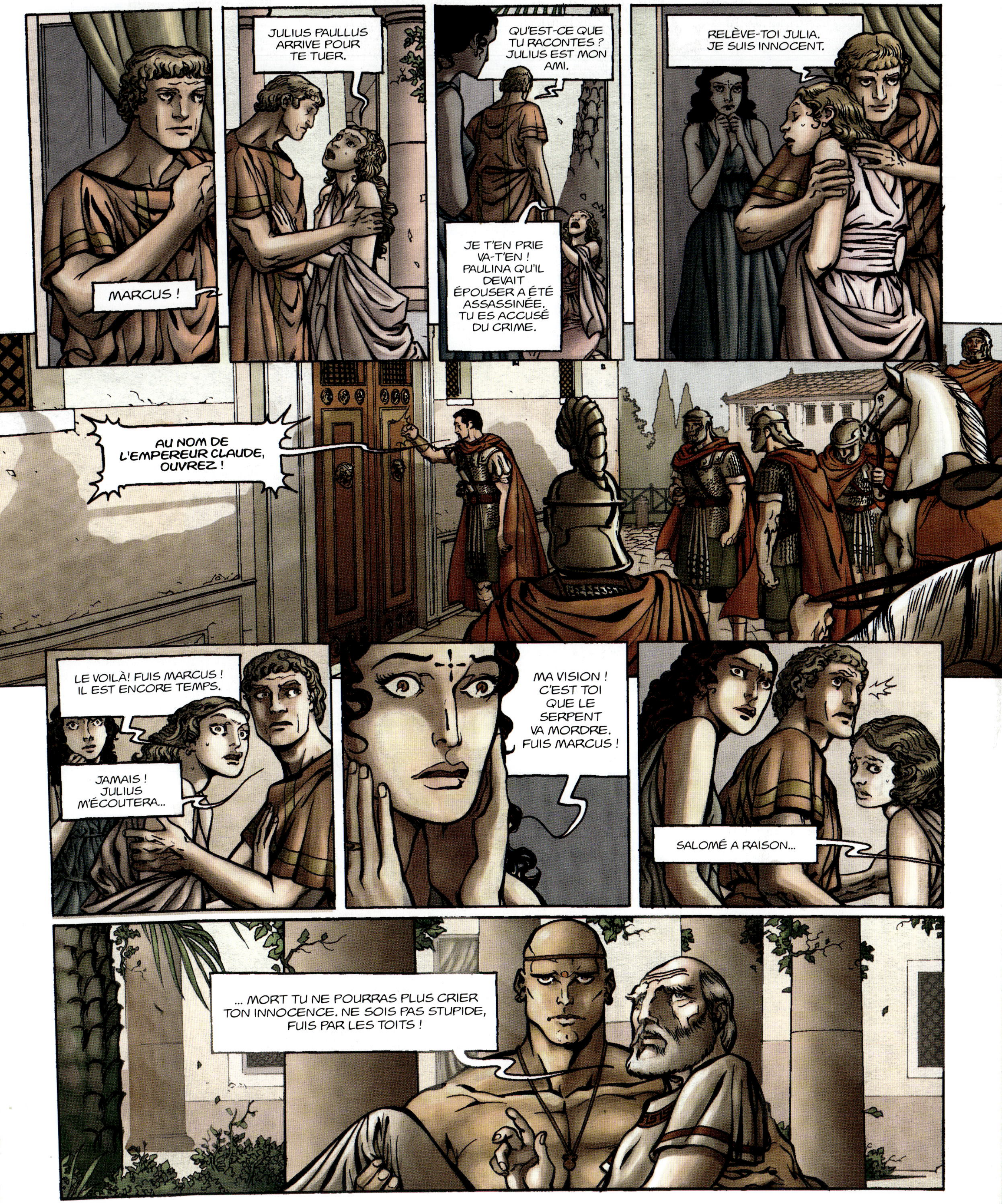
MARCUS !
JULIUS PAULLUS ARRIVE POUR TE TUER.
QU'EST-CE QUE TU RACONTES ? JULIUS EST MON AMI.
JE T'EN PRIE VA-T'EN ! PAULINA QU'IL DEVAIT ÉPOUSER A ÉTÉ ASSASSINÉE. TU ES ACCUSÉ DU CRIME.
RELÈVE-TOI JULIA. JE SUIS INNOCENT.
AU NOM DE L'EMPEREUR CLAUDE, OUVREZ !
LE VOILÀ! FUIS MARCUS ! IL EST ENCORE TEMPS.
JAMAIS ! JULIUS M'ÉCOUTERA...
MA VISION ! C'EST TOI QUE LE SERPENT VA MORDRE. FUIS MARCUS !
SALOMÉ A RAISON...
... MORT TU NE POURRAS PLUS CRIER TON INNOCENCE. NE SOIS PAS STUPIDE, FUIS PAR LES TOITS !

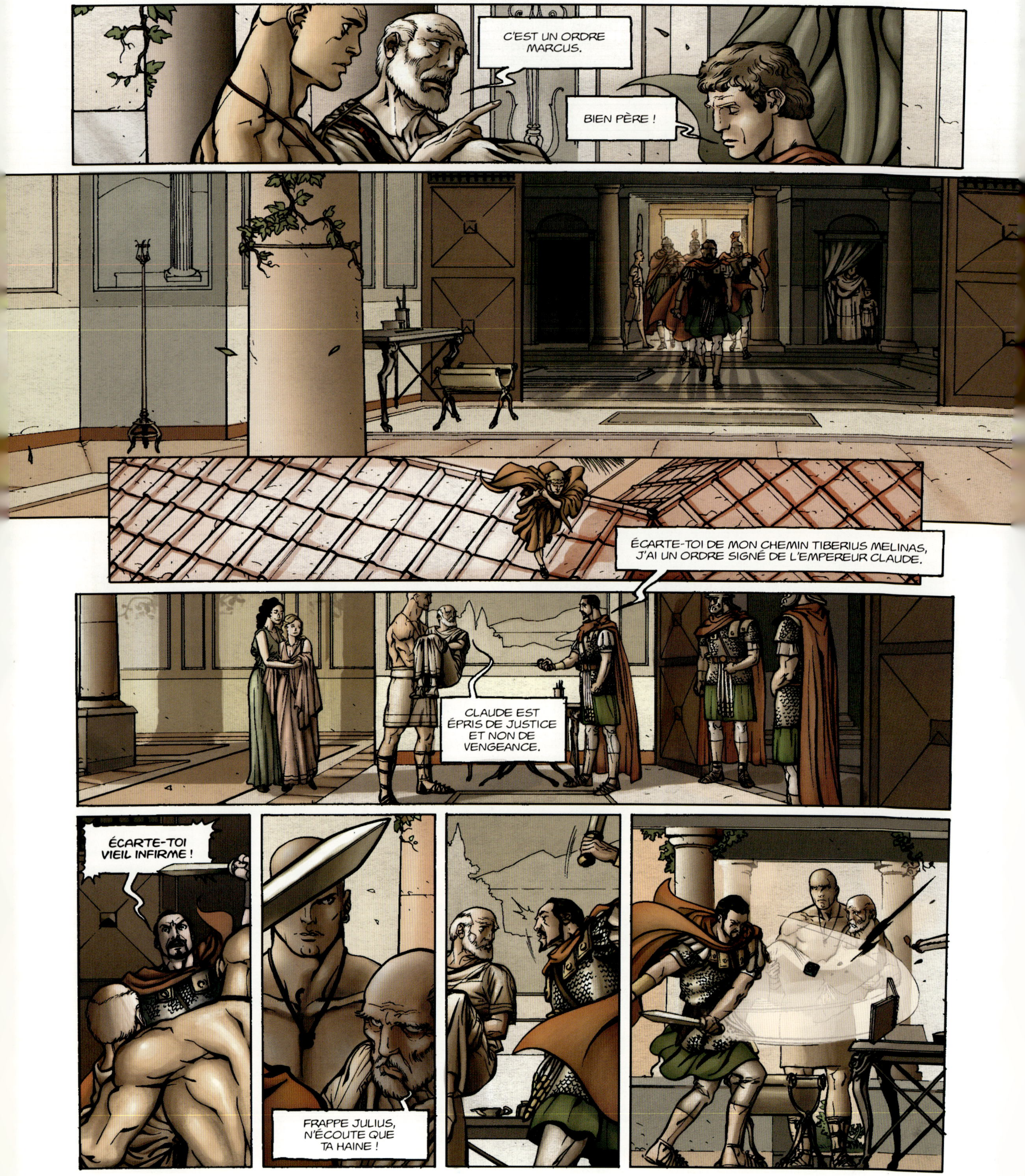
C'EST UN ORDRE MARCUS.
BIEN PÈRE !
ÉCARTE-TOI DE MON CHEMIN TIBERIUS MELINAS, J'AI UN ORDRE SIGNÉ DE L'EMPEREUR CLAUDE.
CLAUDE EST ÉPRIS DE JUSTICE ET NON DE VENGEANCE.
ÉCARTE-TOI VIEIL INFIRME !
FRAPPE JULIUS, N'ÉCOUTE QUE TA HAINE !

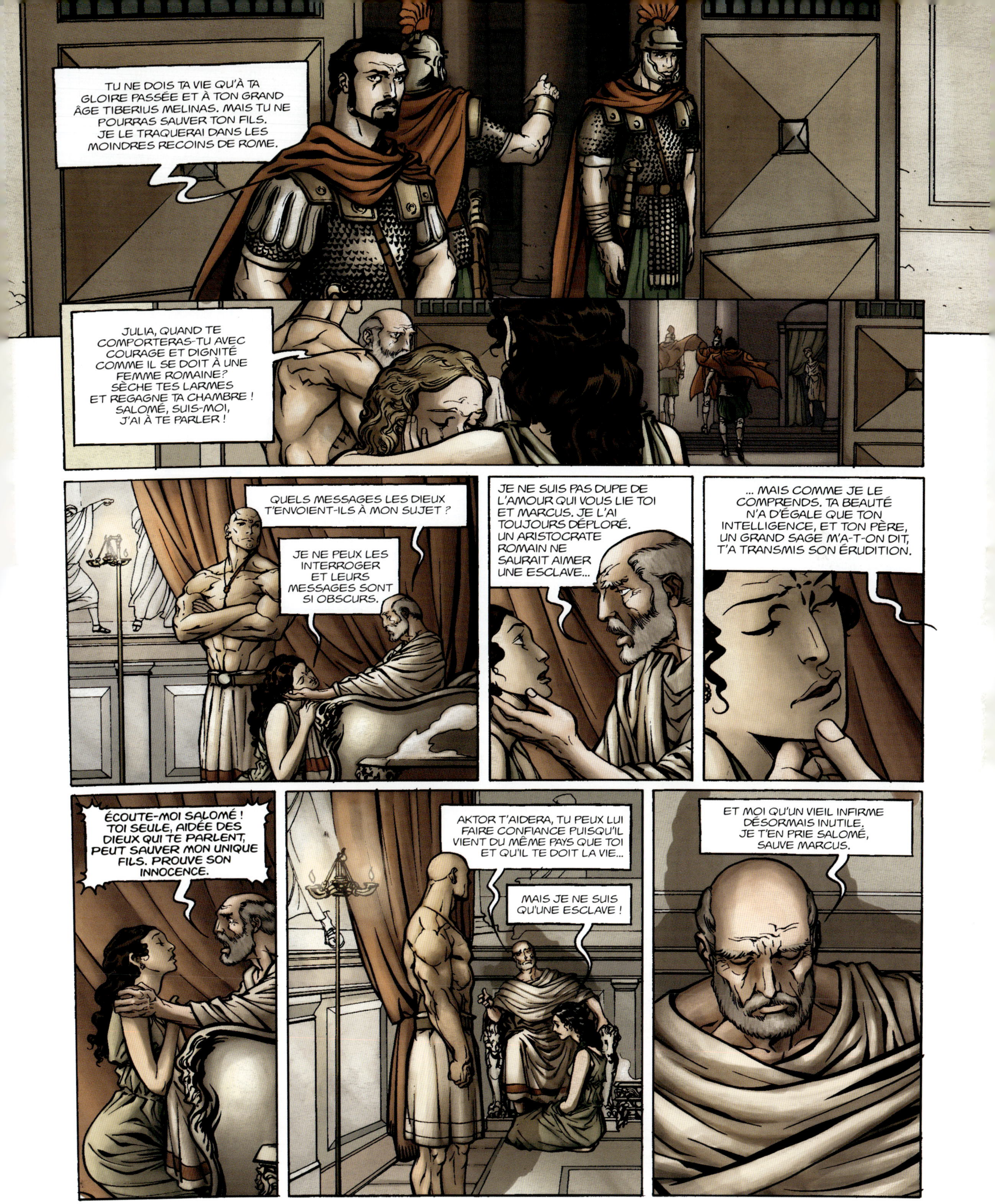
TU NE DOIS TA VIE QU'À TA GLOIRE PASSÉE ET À TON GRAND ÂGE TIBERIUS MELINAS. MAIS TU NE POURRAS SAUVER TON FILS. JE LE TRAQUERAI DANS LES MOINDRES RECOINS DE ROME.
JULIA, QUAND TE COMPORTERAS-TU AVEC COURAGE ET DIGNITÉ COMME IL SE DOIT À UNE FEMME ROMAINE? SÈCHE TES LARMES ET REGAGNE TA CHAMBRE ! SALOMÉ, SUIS-MOI, J'AI À TE PARLER !
QUELS MESSAGES LES DIEUX T'ENVOIENT-ILS À MON SUJET ?
JE NE PEUX LES INTERROGER ET LEURS MESSAGES SONT SI OBSCURS.
JE NE SUIS PAS DUPE DE L'AMOUR QUI VOUS LIE TOI ET MARCUS. JE L'AI TOUJOURS DÉPLORÉ. UN ARISTOCRATE ROMAIN NE SAURAIT AIMER UNE ESCLAVE...
... MAIS COMME JE LE COMPRENDS. TA BEAUTÉ N'A D'ÉGALE QUE TON INTELLIGENCE, ET TON PÈRE, UN GRAND SAGE M'A-T-ON DIT, T'A TRANSMIS SON ÉRUDITION.
ÉCOUTE-MOI SALOMÉ ! TOI SEULE, AIDÉE DES DIEUX QUI TE PARLENT, PEUT SAUVER MON UNIQUE FILS. PROUVE SON INNOCENCE.
AKTOR T'AIDERA, TU PEUX LUI FAIRE CONFIANCE PUISQU'IL VIENT DU MÊME PAYS QUE TOI ET QU'IL TE DOIT LA VIE...
MAIS JE NE SUIS QU'UNE ESCLAVE !
ET MOI QU'UN VIEIL INFIRME DÉSORMAIS INUTILE. JE T'EN PRIE SALOMÉ, SAUVE MARCUS.

IL EST LÀ !
DEHORS, IVROGNE !

TUEZ-LE !
MON HEURE N'EST PAS ENCORE VENUE, JULIUS !
TON JAVELOT, VITE !

PUISSANTE DÉESSE, QUI A LE POUVOIR DE RENDRE LE SOUFFLE DE VIE, DONNE-MOI LA FORCE...
... OUVRE-MOI LES PORTES DE LA VÉRITÉ... Ô ISIS, TOI QUI AS TOUJOURS GUIDÉ MES PAS... AIDE-MOI !
C'EST MOI, SALOMÉ !

TU ES BLESSÉ !
C'EST RIEN ! JE NE PEUX ÊTRE PLUS LONGTEMPS UN ANIMAL TRAQUÉ. JE DOIS AFFRONTER JULIUS.
SES HOMMES TE TUERONT. JE PROUVERAI TON INNOCENCE, C'EST LA VOLONTÉ DE TON PÈRE, MAIS DIS-MOI CE QUE TU SAIS !
ZIMA, UN ESCLAVE DE PAULINA, S'EST PRÉSENTÉ À MOI TARD DANS LA NUIT POUR ME DIRE QUE SA MAÎTRESSE M'ATTENDAIT SOUS LE PONT AEMILIUS ET QU'ELLE VOULAIT ME PARLER DE TOUTE URGENCE.
ON T'A VU ?
J'AI CROISÉ UNE PATROUILLE DE VIGILES SUR LE PONT.
PAULINA DEVAIT ÉPOUSER JULIUS, A-T-ELLE AUSSI ÉTÉ TA MAÎTRESSE ?
OUI ! MAIS JE SUIS INNOCENT SALOMÉ. PAULINA N'ÉTAIT PAS AU RENDEZ-VOUS...
ON T'ACCUSERA DE L'AVOIR TUÉE PAR JALOUSIE. TOUT EST CONTRE TOI MARCUS.
JE CONNAIS UN AFFRANCHI, UN AMI DE MON PÈRE. IL TE CACHERA. IL S'APPELLE XENOR ET HABITE LE QUARTIER TRASTEVERE.
PROMETS-MOI D'ALLER LE TROUVER !
JE TE LE PROMETS. MAIS PUISSENT LES DIEUX TE PARLER VITE. UNE FOIS INNOCENTÉ JE T'ÉPOUSERAI.
NON, MARCUS ! SI JE RÉUSSIS C'EST MA LIBERTÉ QUE JE VEUX EN ÉCHANGE.

PONT AEMILIUS.
C'EST ICI QUE MARCUS AVAIT RENDEZ-VOUS AVEC PAULINA...
ET ALORS ? TU CHERCHES QUOI ?
PAULINA A ÉTÉ POIGNARDÉE. Y A-T-IL UNE CERVELLE DANS CE TAS DE MUSCLES ? JE CHERCHE DES TRACES DE SANG AKTOR. AIDE-MOI !
TU NE FAIS DONC PAS CONFIANCE À MARCUS ?
AS-TU OUBLIÉ...
... CE QUE LES ROMAINS ONT FAIT À TA MÈRE...
... À TON PÈRE... POUR FAIRE DE TOI UN FÉROCE ANIMAL SANS ÂME...
... DESTINÉ À MOURIR DANS UNE ARÈNE POUR LES DISTRAIRE.

NON JE N'AI PAS OUBLIÉ.
ALORS COMMENT PEUX-TU PARLER DE CONFIANCE ?
TU AIMES MARCUS ET MARCUS T'AIME, NON ? JE CROYAIS QUE L'AMOUR RENDAIT AVEUGLE...
QUE SAIS-TU DE L'AMOUR AKTOR, TOI QUI AS GRANDI DANS LA VIOLENCE D'UNE ÉCOLE DE GLADIATEURS ?
CELUI QUE J'ÉPROUVAIS ENFANT POUR UNE PETITE FILLE, DANS MA VILLE NATALE DE CIRTA...
TU ES SOT ! SACHE QU'ON NE PEUT FAIRE CONFIANCE QUE LORSQU'ON EST LIBRE, PAS ESCLAVE.
EN TOUT CAS, IL N'Y A AUCUNE TRACE DE SANG.
CE QUI SIGNIFIE QUE PAULINA N'A PAS ÉTÉ TUÉE SOUS CE PONT.
ET APRÈS ?
PAULINA A DONC ÉTÉ TUÉE AVANT DE VENIR AU RENDEZ-VOUS, PUIS JETÉE DANS LE TIBRE. À MOINS QU'IL N'Y AIT JAMAIS EU DE RENDEZ-VOUS, ET ALORS MARCUS EST TOMBÉ DANS UN PIÈGE...
?

PRENDS GARDE OÙ TU POSES LES PIEDS SALOMÉ ! LE DANGER EST PARTOUT.
IL Y A AUTRE CHOSE, QUE JE N'AI PAS OUBLIÉ ET QUE JE N'OUBLIERAI JAMAIS. C'EST QUE TU AS CONVAINCU TIBERIUS MELINAS DE M'ACHETER ET TU M'AS AINSI SAUVÉ DE LA MORT QUI M'ATTENDAIT DANS L'ARÈNE.
QUOI DE PLUS NORMAL POUR UNE PETITE FILLE DE CIRTA !
RENSEIGNE-TOI SUR ZIMA, L'ESCLAVE DE PAULINA, JE VEUX SAVOIR QUI L'A ENVOYÉ TROUVER MARCUS.
ET TOI QUE VAS-TU FAIRE ?
INTERROGER LES MORTS.

TU VEUX ME RUINER ? COMBIEN DE FOIS JE T'AI DIT DE NE PAS GASPILLER LES PÉTALES DE ROSES...
PARDON MAÎTRE !
LIBITIS
JE L'AI BIEN RÉUSSI, NON ?
ON LE CROIRAIT VIVANT.
VIVANT ! PAS DE CE MOT ICI !
PARDON MAÎTRE, J'AVAIS OUBLIÉ...
VIVANT TU NE ME RAPPORTERAIS RIEN.
MAÎTRE, UNE FEMME DEMANDE À VOUS PARLER.
IMPOSSIBLE ! L'HEURE DES FUNÉRAILLES APPROCHE, JE SUIS EN RETARD... CHASSE-LA !
TU AURAIS TORT AGÉTON !
SORTEZ ! LE DÉFUNT NE PEUT ÊTRE VU AVANT SES FUNÉRAILLES.

QUE ME VOULEZ-VOUS ?
AU TRAVAIL VOUS AUTRES ! ILS ME COÛTENT UNE FORTUNE ET PASSENT LEUR TEMPS À RIRE...
SUIVEZ-MOI ! NOUS SERONS PLUS TRANQUILLES À CÔTÉ...
BRAVO MAÎTRE ! ON LE CROIRAIT VIVANT !
REGARDEZ ! JE DOIS LES LIVRER CE SOIR AU PLUS TARD.
JE SUIS DÉBORDÉ.
QUE PUIS-JE POUR VOUS ?
TU ES BIEN CHARGÉ DES FUNÉRAILLES DE LA JEUNE PAULINA DAVIUS ?
SON PÈRE EST UN FIDÈLE CLIENT... BIEN DES MALHEURS SE SONT ABATTUS SUR LUI. PAUVRE HOMME !
JE VEUX VOIR LE CORPS.
IMPOSSIBLE ! JE DOIS LA PRÉPARER DANS LA DEMEURE DE SON PÈRE. ON Y LAISSERAIT TOUS LES DEUX NOTRE VIE...
COMME TU VOUDRAS !

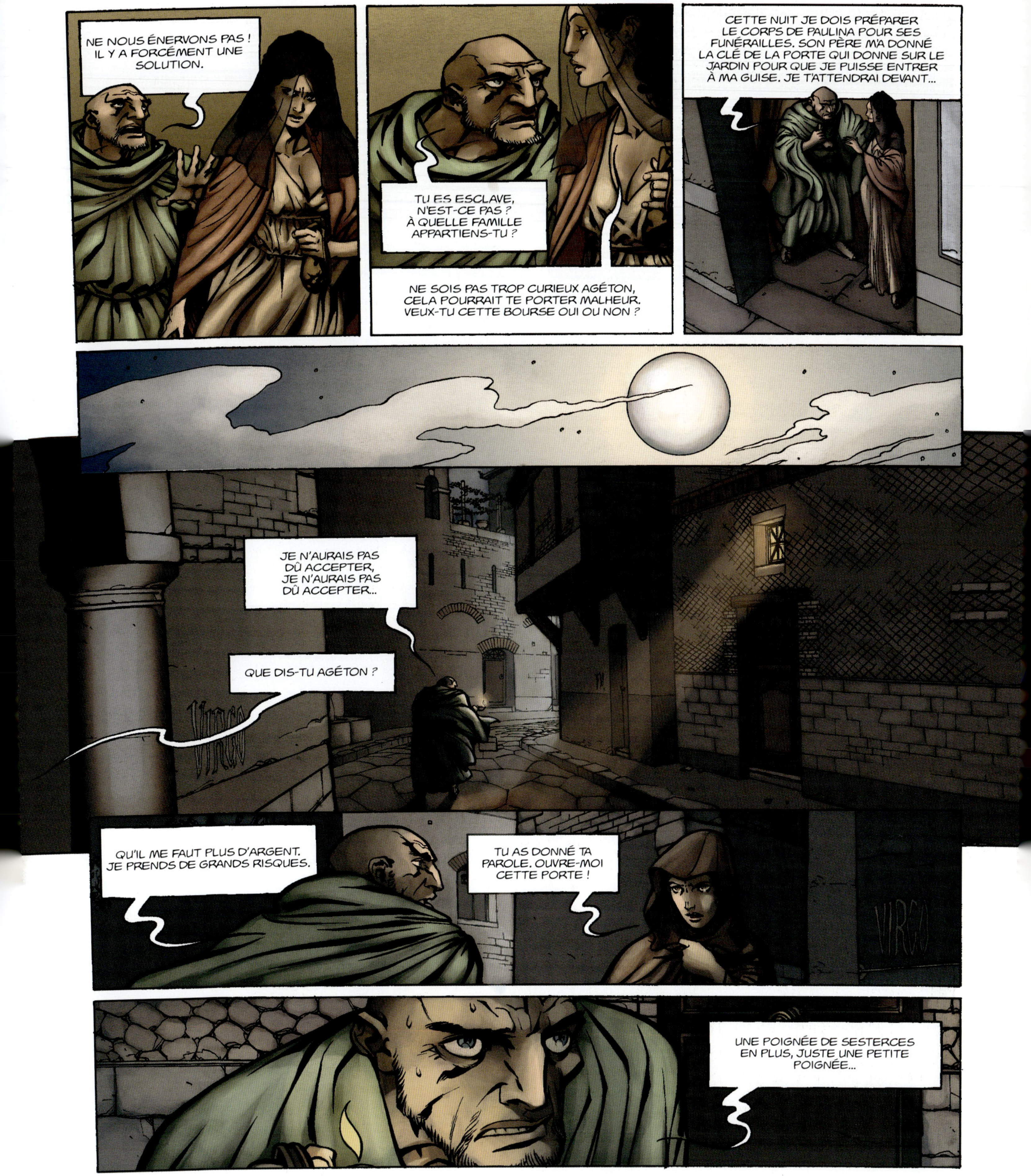

NE NOUS ÉNERVONS PAS ! IL Y A FORCÉMENT UNE SOLUTION.
TU ES ESCLAVE, N'EST-CE PAS ? À QUELLE FAMILLE APPARTIENS-TU ?
NE SOIS PAS TROP CURIEUX AGÉTON, CELA POURRAIT TE PORTER MALHEUR. VEUX-TU CETTE BOURSE OUI OU NON ?
CETTE NUIT JE DOIS PRÉPARER LE CORPS DE PAULINA POUR SES FUNÉRAILLES. SON PÈRE M'A DONNÉ LA CLÉ DE LA PORTE QUI DONNE SUR LE JARDIN POUR QUE JE PUISSE ENTRER À MA GUISE. JE T'ATTENDRAI DEVANT...
JE N'AURAIS PAS DÛ ACCEPTER, JE N'AURAIS PAS DÛ ACCEPTER...
QUE DIS-TU AGÉTON ?
VIRGO
QU'IL ME FAUT PLUS D'ARGENT. JE PRENDS DE GRANDS RISQUES.
TU AS DONNÉ TA PAROLE. OUVRE-MOI CETTE PORTE !
VIRGO
UNE POIGNÉE DE SESTERCES EN PLUS, JUSTE UNE PETITE POIGNÉE...

AKTOR !
ENTENDU ! JE TE CONDUIS AUPRÈS DE LA DÉFUNTE. DIS À TON CERBÈRE DE ME LÂCHER !
C'EST BON AKTOR, LÂCHE-LE ET ATTENDS-MOI ICI ! JE TE SUIS, AGÉTON.
N'AS-TU RIEN ENTENDU ?
JUSTE TES DENTS QUI S'ENTRECHOQUENT. TU ES AUSSI PEUREUX QUE CUPIDE. AVANCE !
JE N'AI PAS ENCORE TOUCHÉ SON CORPS, ELLE EST INTACTE.

COMME ELLE EST BELLE !
L'ASSASSIN EST LE FILS MELINAS, MARCUS.
AUCUNE TRACE DE COUP... LA PLAIE N'EST PAS PLUS LARGE QU'UNE FINE LAME DE POIGNARD... CELLE-CI A DONC PÉNÉTRÉ PERPENDICULAIREMENT, EN PLEIN CŒUR... PAULINA DEVAIT ÊTRE COUCHÉE LORSQU'ON L'A FRAPPÉE...
J'ENTENDS DES PAS, ON VIENT, IL FAUT PARTIR.

QUE T'ARRIVE-T-IL ?
SORS DE TES SONGES, SORCIÈRE !
LA PORTE ! JE SUIS UN HOMME MORT...

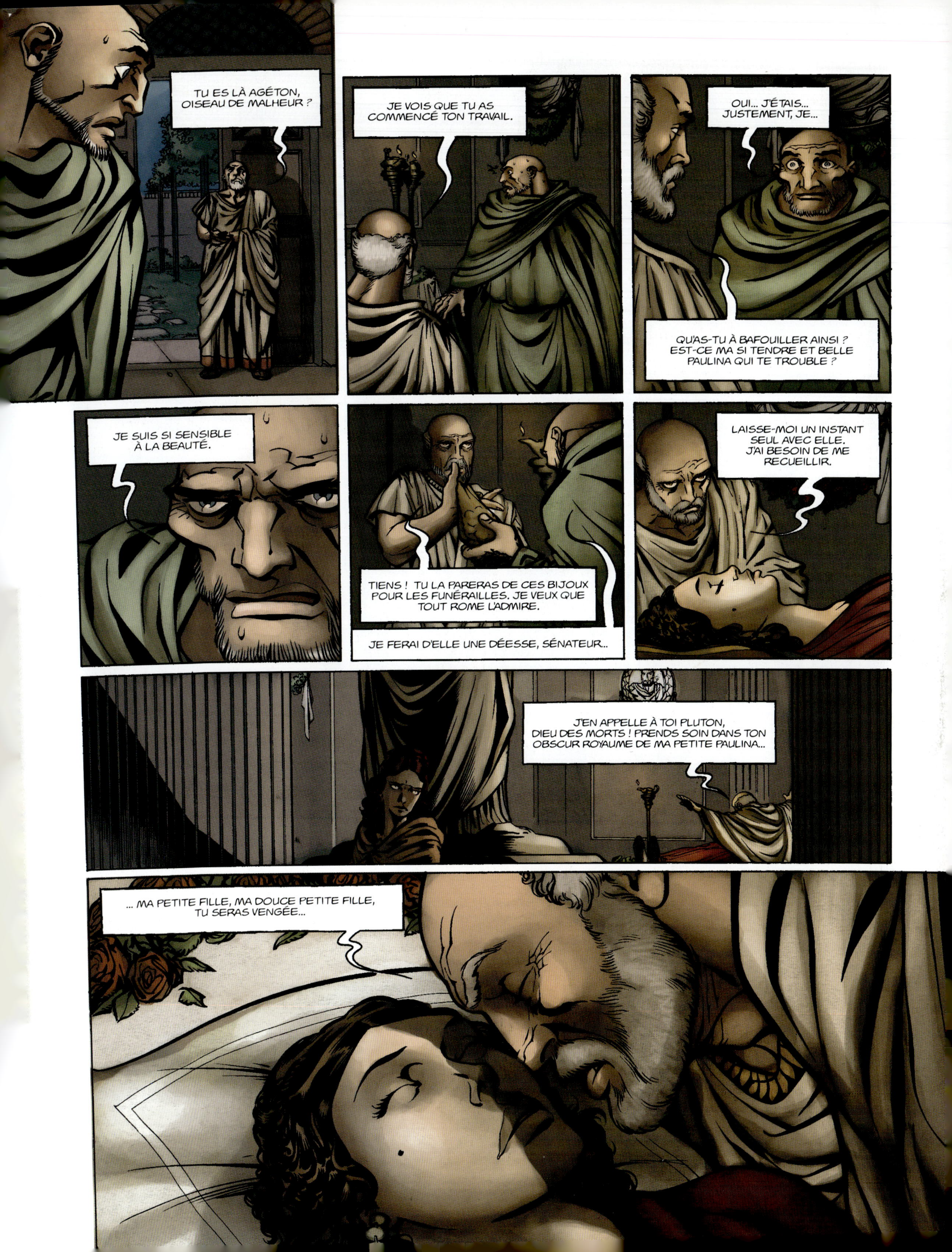
TU ES LÀ AGÉTON, OISEAU DE MALHEUR ?
JE VOIS QUE TU AS COMMENCÉ TON TRAVAIL.
OUI... J'ÉTAIS... JUSTEMENT, JE...
QU'AS-TU À BAFOUILLER AINSI ? EST-CE MA SI TENDRE ET BELLE PAULINA QUI TE TROUBLE ?
JE SUIS SI SENSIBLE À LA BEAUTÉ.
TIENS ! TU LA PARERAS DE CES BIJOUX POUR LES FUNÉRAILLES. JE VEUX QUE TOUT ROME L'ADMIRE.
JE FERAI D'ELLE UNE DÉESSE, SÉNATEUR...
LAISSE-MOI UN INSTANT SEUL AVEC ELLE. J'AI BESOIN DE ME RECUEILLIR.
J'EN APPELLE À TOI PLUTON, DIEU DES MORTS ! PRENDS SOIN DANS TON OBSCUR ROYAUME DE MA PETITE PAULINA...
... MA PETITE FILLE, MA DOUCE PETITE FILLE, TU SERAS VENGÉE...

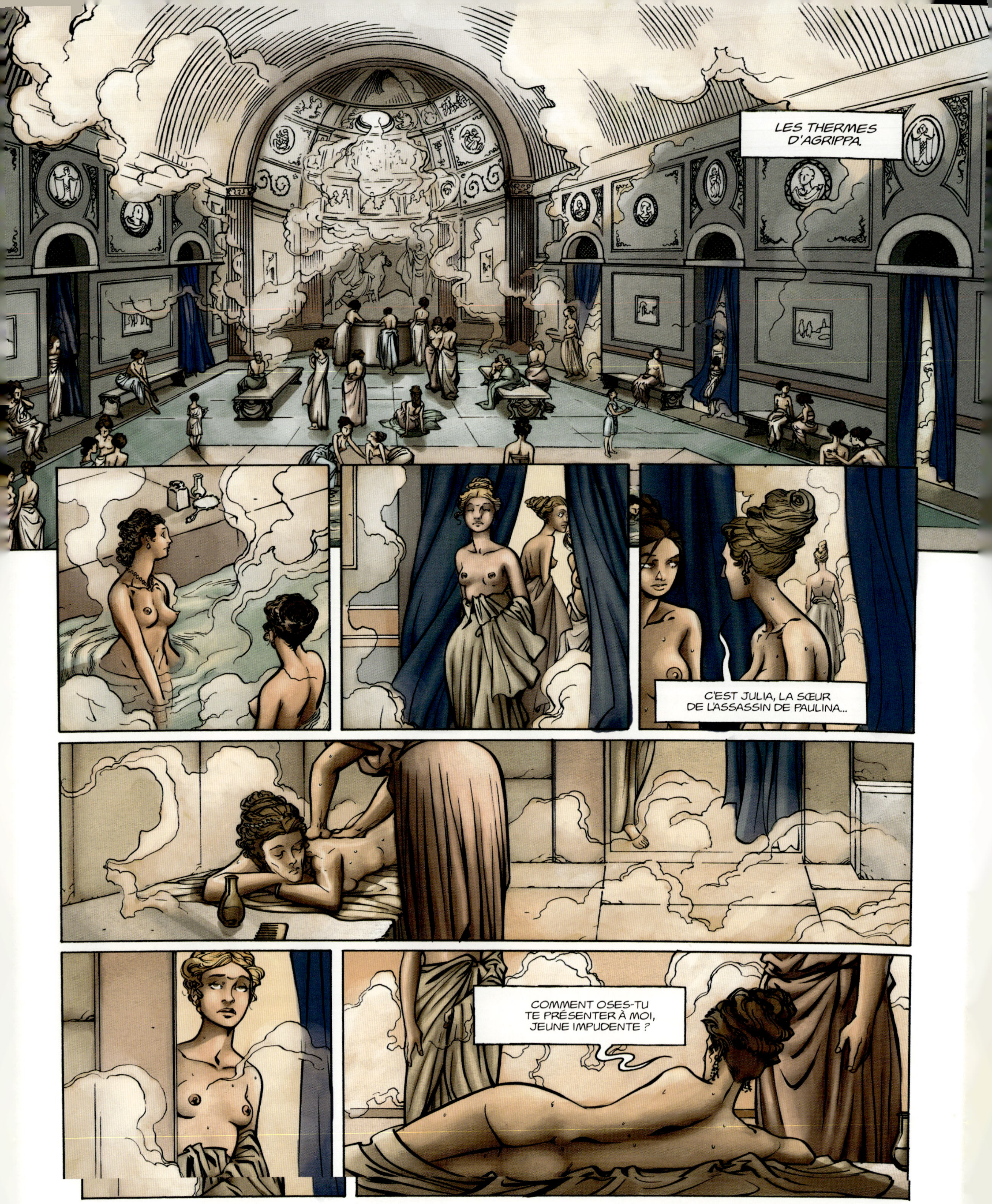
LES THERMES D'AGRIPPA.
C'EST JULIA, LA SŒUR DE L'ASSASSIN DE PAULINA...
COMMENT OSES-TU TE PRÉSENTER À MOI, JEUNE IMPUDENTE ?

Ô DIVINE AUGUSTA, LAISSEZ-MOI VOUS PARLER ! MON FRÈRE EST INNOCENT...
TON FRÈRE A SEMÉ LE MALHEUR. NE SAIS-TU PAS QUE MON FILS EST FOU DE DOULEUR ? VA-T'EN !
S'IL FAUT UNE VIE À JULIUS POUR SOULAGER SA PEINE, JE LUI OFFRE LA MIENNE...
PETITE SOTTE ! OÙ TE CROIS-TU ? SUR UNE SCÈNE DE THÉÂTRE ?
N'AS-TU PAS HONTE DE TE COMPORTER AINSI ? TU DÉSHONORES TON PÈRE.
AUGUSTA JE VOUS EN SUPPLIE, DEMANDEZ À VOTRE FILS D'ÉPARGNER MARCUS...
JE LUI PARLERAI, EN SOUVENIR DE TA MÈRE QUI ÉTAIT MON AMIE.

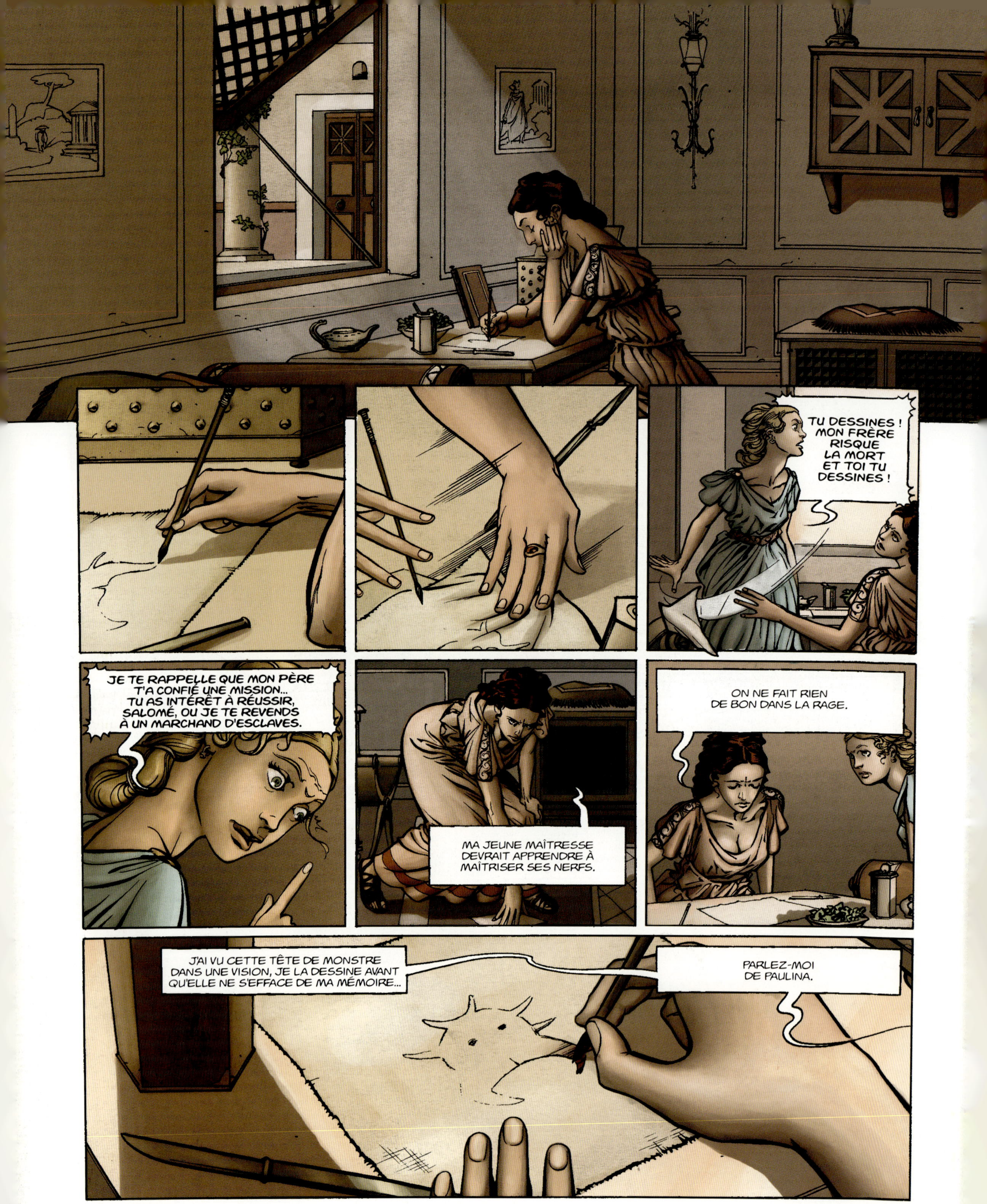
TU DESSINES ! MON FRÈRE RISQUE LA MORT ET TOI TU DESSINES !
JE TE RAPPELLE QUE MON PÈRE T'A CONFIÉ UNE MISSION... TU AS INTÉRÊT À RÉUSSIR, SALOMÉ, OU JE TE REVENDS À UN MARCHAND D'ESCLAVES.
MA JEUNE MAÎTRESSE DEVRAIT APPRENDRE À MAÎTRISER SES NERFS.
ON NE FAIT RIEN DE BON DANS LA RAGE.
J'AI VU CETTE TÊTE DE MONSTRE DANS UNE VISION, JE LA DESSINE AVANT QU'ELLE NE S'EFFACE DE MA MÉMOIRE...
PARLEZ-MOI DE PAULINA.

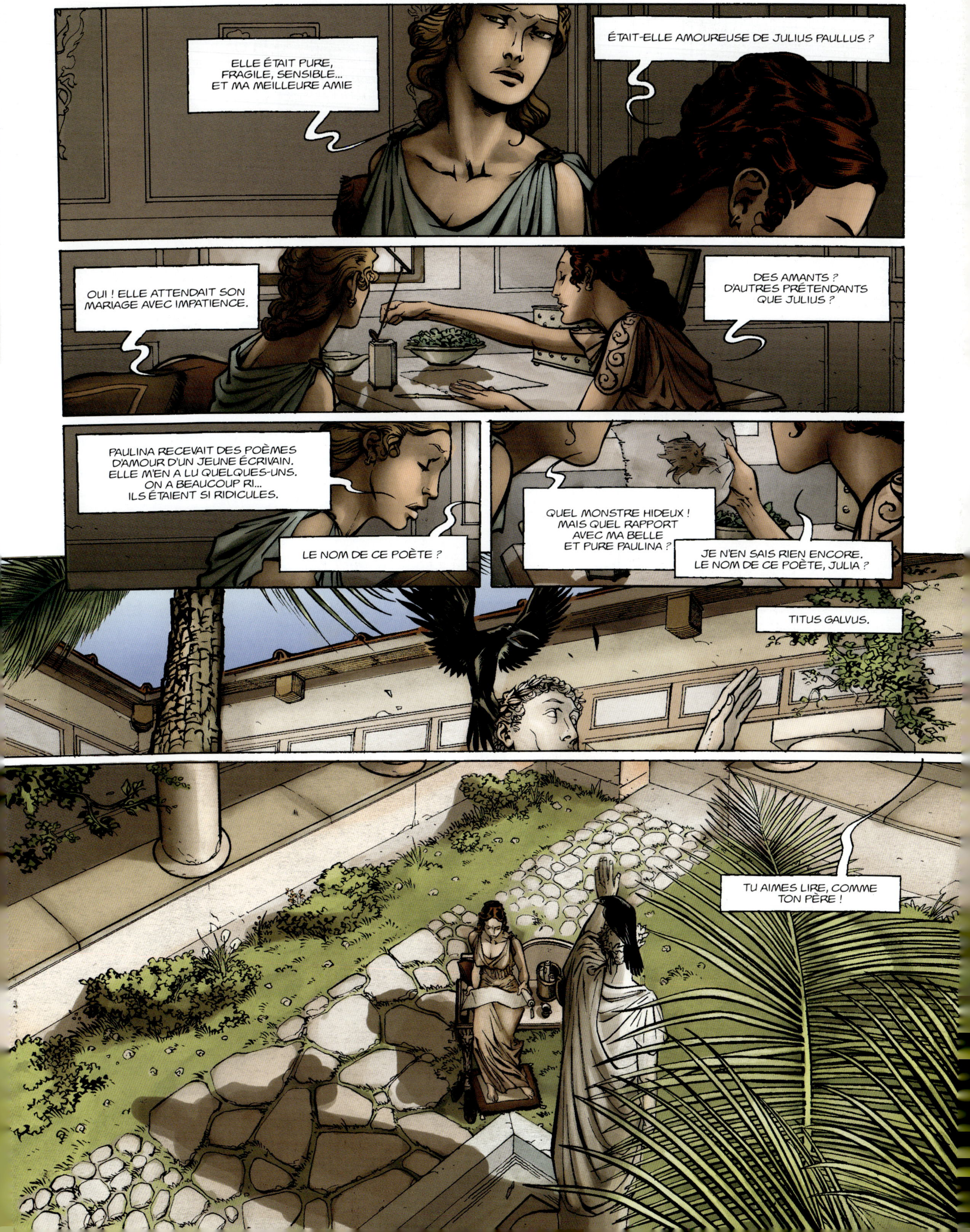
ELLE ÉTAIT PURE, FRAGILE, SENSIBLE... ET MA MEILLEURE AMIE
ÉTAIT-ELLE AMOUREUSE DE JULIUS PAULLUS ?
OUI ! ELLE ATTENDAIT SON MARIAGE AVEC IMPATIENCE.
DES AMANTS ? D'AUTRES PRÉTENDANTS QUE JULIUS ?
PAULINA RECEVAIT DES POÈMES D'AMOUR D'UN JEUNE ÉCRIVAIN. ELLE M'EN A LU QUELQUES-UNS. ON A BEAUCOUP RI... ILS ÉTAIENT SI RIDICULES.
LE NOM DE CE POÈTE ?
QUEL MONSTRE HIDEUX ! MAIS QUEL RAPPORT AVEC MA BELLE ET PURE PAULINA ?
JE N'EN SAIS RIEN ENCORE. LE NOM DE CE POÈTE, JULIA ?
TITUS GALVUS.
TU AIMES LIRE, COMME TON PÈRE !

IL DISAIT TOUJOURS QU'EN LISANT IL CHERCHAIT "LA VÉRITÉ"...
... EN TOUT CAS ELLE N'EST PAS DANS CE RAMASSIS DE VERS MÉDIOCRES. CE TITUS GALVUS N'EST QU'UN POÈTE MONDAIN, PÉDANT ET PRÉTENTIEUX.
ENVOLE-TOI OISEAU DE LA MORT !
JE N'AIME PAS CE PRÉSAGE SALOMÉ, CE CORBEAU TE REGARDAIT, UN DANGER PLANE SUR TOI.
OBSERVE CE DESSIN AKTOR ! AS-TU DÉJÀ VU UN TEL MONSTRE ?
JAMAIS !
JE N'AVANCE PAS. J'AI PEUR D'ÉCHOUER ET DE NE POUVOIR SAUVER MARCUS. AS-TU DES NOUVELLES DE ZIMA, L'ESCLAVE DE PAULINA ?
JE L'AI RETROUVÉ. SON MAÎTRE L'A AFFRANCHI POUR HONORER LA MÉMOIRE DE SA FILLE.
IL A POUR HABITUDE DE JOUER AUX DÉS DANS LE QUARTIER DE SUBURE.
AUX DÉS !? CONDUIS-MOI !
... RÉVEILLE-TOI PEUPLE DE ROME, TOI QUI FAIS SA GRANDEUR. MAUDIS L'ÉLITE QUI SE VAUTRE DANS LA LUXURE, LES ORGIES ET LES MEURTRES...

QUARTIER DE SUBURE, LE QUARTIER POPULAIRE DE ROME...
... PENDANT QU'UNE ARMÉE DE BARBARES ASSOIFFÉS DE TON SANG SE PRÉPARE À FONDRE SUR TA CITÉ. JE LES VOIS, ILS SONT LÀ AUX PORTES DE ROME...
... ECOUTE-MOI PEUPLE ! J'ENTENDS TES CRIS DE DOULEUR.
C'EST LUI, L'HOMME À LA BARBICHE.
GAGNÉ !
TU AS TROP DE CHANCE ZIMA, J'ABANDONNE.
VEUX-TU JOUER AVEC MOI ?
DIX SESTERCES LA MISE !
QUEL DIEU PRIES-TU POUR AVOIR AUTANT DE CHANCE ?
TU AS PERDU !

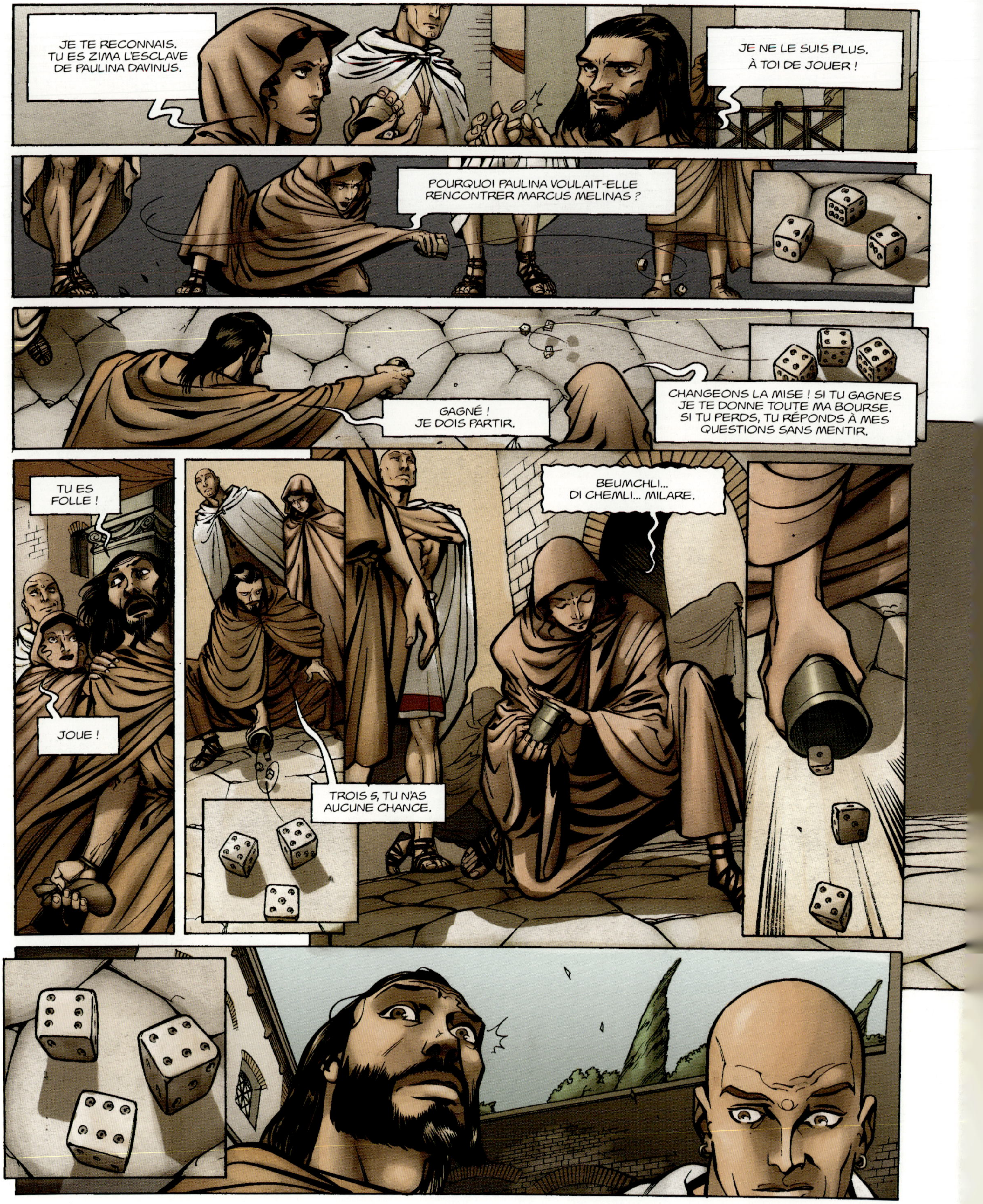
JE TE RECONNAIS. TU ES ZIMA L'ESCLAVE DE PAULINA DAVINUS.
JE NE LE SUIS PLUS. À TOI DE JOUER !
POURQUOI PAULINA VOULAIT-ELLE RENCONTRER MARCUS MELINAS ?
GAGNÉ ! JE DOIS PARTIR.
CHANGEONS LA MISE ! SI TU GAGNES JE TE DONNE TOUTE MA BOURSE. SI TU PERDS, TU RÉPONDS À MES QUESTIONS SANS MENTIR.
TU ES FOLLE !
JOUE !
TROIS 5, TU N'AS AUCUNE CHANCE.
BEUMCHLI... DI CHEMLI... MILARE.

TU AS PERDU, TIENS TA PROMESSE. QUI T'A PAYÉ POUR ENTRAÎNER MARCUS DANS UN PIÈGE ?
PERSONNE, C'EST MA MAÎTRESSE QUI...
TU SAIS CE QU'IL EN COÛTE AUX JOUEURS QUI N'ONT PAS DE PAROLE. DAME FORTUNE NE LEUR SOURIT PLUS. ALORS NE MENS PAS ! TA BOURSE EST BIEN TROP PLEINE POUR UN ESCLAVE, MÊME CHANCEUX...
QUI T'A PAYÉ ?
LES PUISSANCES DES ENFERS ! NE SOIS PAS TROP CURIEUSE SI TU NE VEUX PAS MOURIR DANS D'HORRIBLES SOUFFRANCES.
RÉPONDS-MOI !
AKTOR RATTRAPE-LE !
AAHHH !

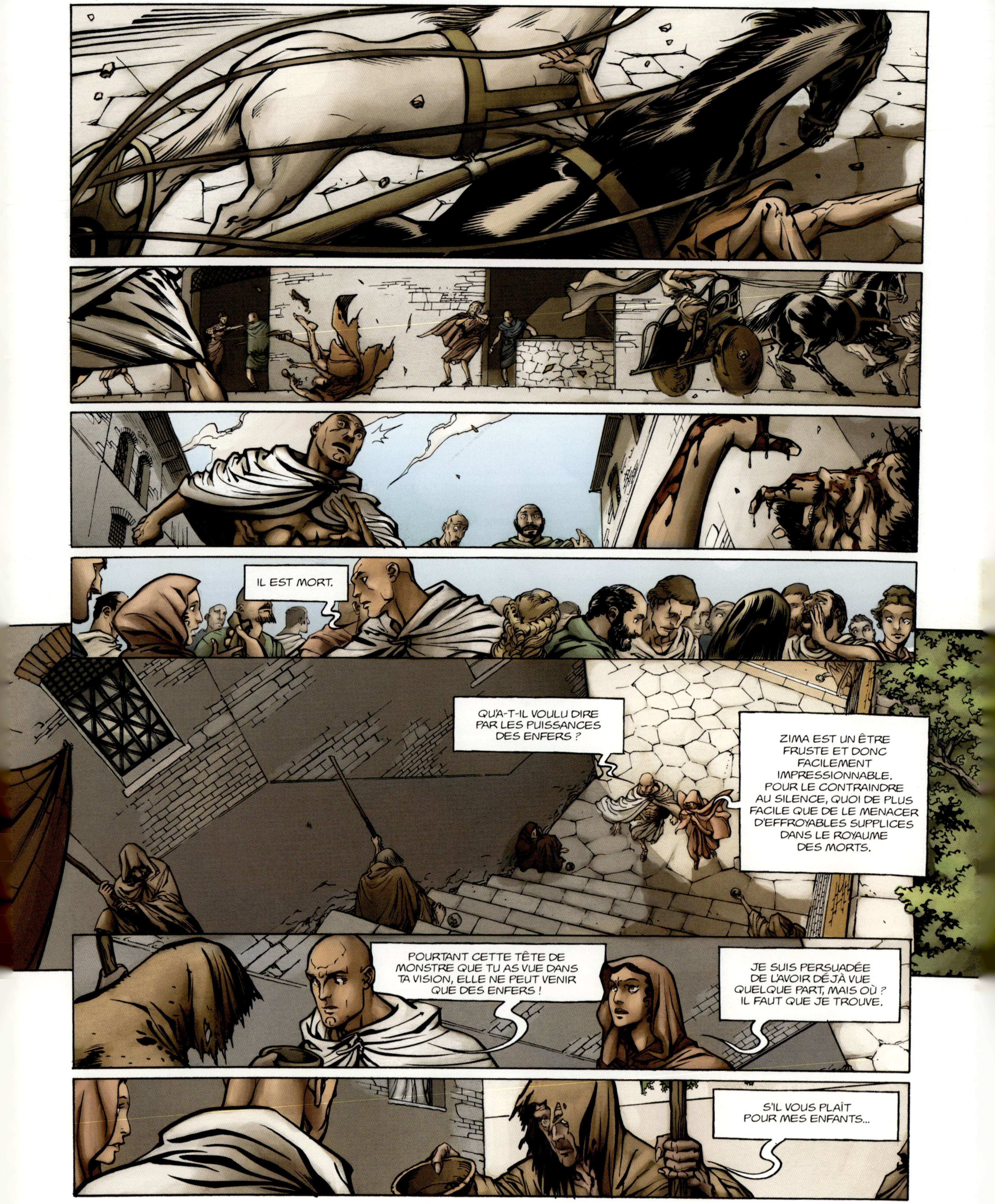
IL EST MORT.
QU'A-T-IL VOULU DIRE PAR LES PUISSANCES DES ENFERS ?
ZIMA EST UN ÊTRE FRUSTE ET DONC FACILEMENT IMPRESSIONNABLE. POUR LE CONTRAINDRE AU SILENCE, QUOI DE PLUS FACILE QUE DE LE MENACER D'EFFROYABLES SUPPLICES DANS LE ROYAUME DES MORTS.
POURTANT CETTE TÊTE DE MONSTRE QUE TU AS VUE DANS TA VISION, ELLE NE PEUT VENIR QUE DES ENFERS !
JE SUIS PERSUADÉE DE L'AVOIR DÉJÀ VUE QUELQUE PART, MAIS OÙ ? IL FAUT QUE JE TROUVE.
S'IL VOUS PLAÎT POUR MES ENFANTS...

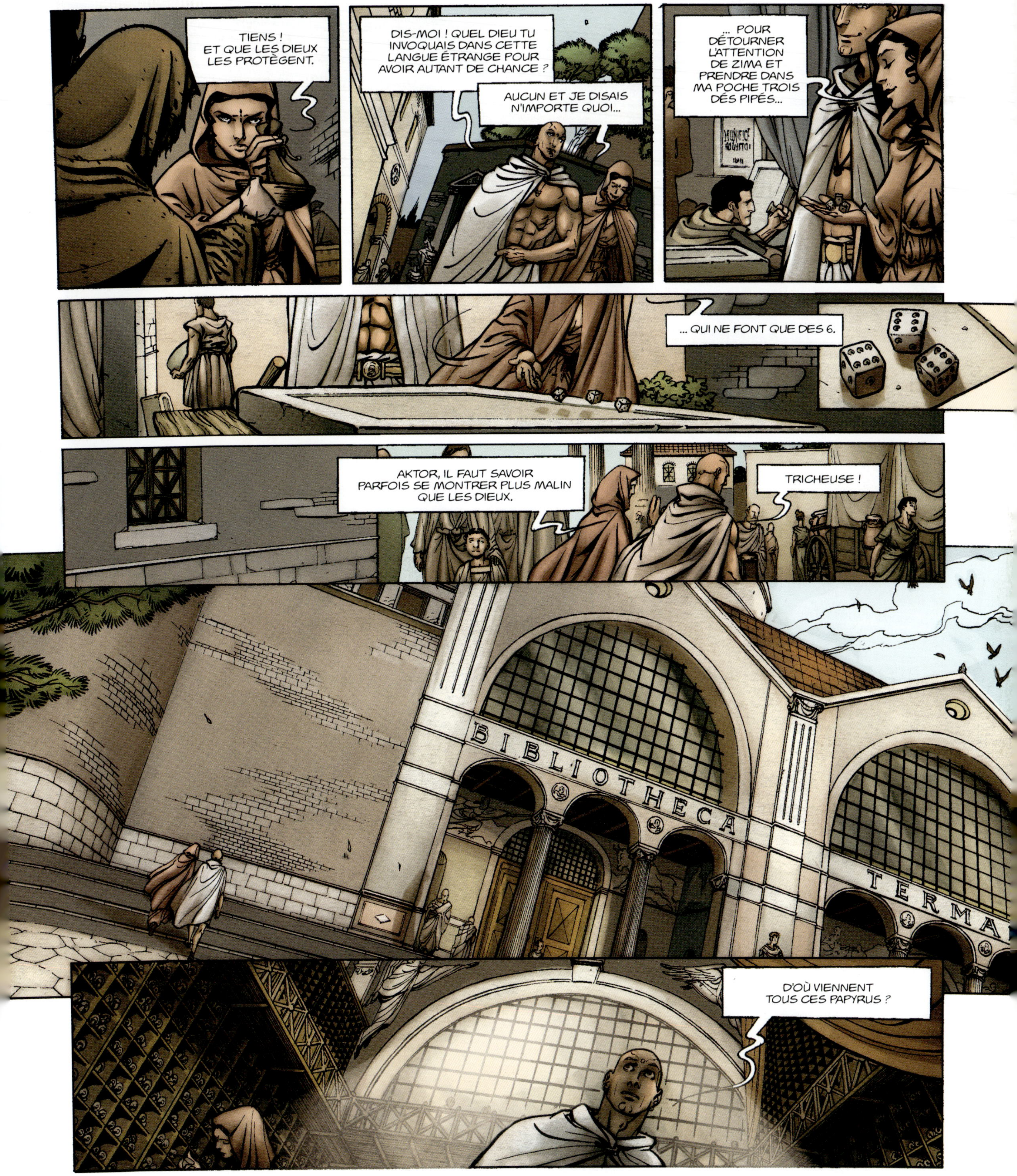
TIENS !
ET QUE LES DIEUX
LES PROTÈGENT.
DIS-MOI ! QUEL DIEU TU
INVOQUAIS DANS CETTE
LANGUE ÉTRANGE POUR
AVOIR AUTANT DE CHANCE ?
AUCUN ET JE DISAIS
N'IMPORTE QUOI...
... POUR
DÉTOURNER
L'ATTENTION
DE ZIMA ET
PRENDRE DANS
MA POCHE TROIS
DÉS PIPÉS...
... QUI NE FONT QUE DES 6.
AKTOR, IL FAUT SAVOIR
PARFOIS SE MONTRER PLUS MALIN
QUE LES DIEUX.
TRICHEUSE !
BIBLIOTHECA
TERMA
D'OÙ VIENNENT
TOUS CES PAPYRUS ?

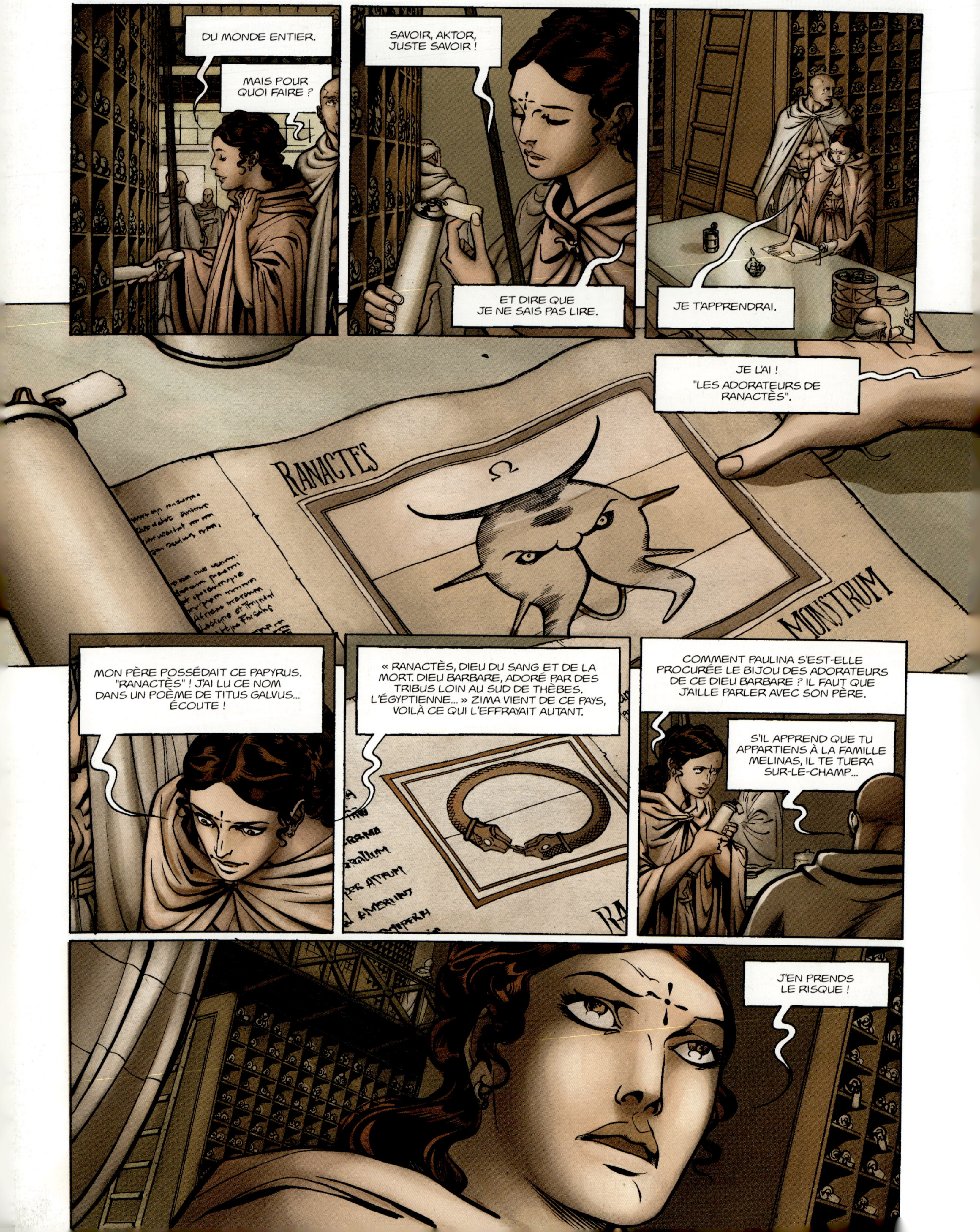

DU MONDE ENTIER.
MAIS POUR QUOI FAIRE ?
SAVOIR, AKTOR, JUSTE SAVOIR !
ET DIRE QUE JE NE SAIS PAS LIRE.
JE T'APPRENDRAI.
JE L'AI ! "LES ADORATEURS DE RANACTÈS".
RANACTES
Ω
MONSTRUM
MON PÈRE POSSÉDAIT CE PAPYRUS. "RANACTÈS" ! J'AI LU CE NOM DANS UN POÈME DE TITUS GALVUS... ÉCOUTE !
« RANACTÈS, DIEU DU SANG ET DE LA MORT. DIEU BARBARE, ADORÉ PAR DES TRIBUS LOIN AU SUD DE THÈBES. L'ÉGYPTIENNE... » ZIMA VIENT DE CE PAYS, VOILÀ CE QUI L'EFFRAYAIT AUTANT.
COMMENT PAULINA S'EST-ELLE PROCURÉE LE BIJOU DES ADORATEURS DE CE DIEU BARBARE ? IL FAUT QUE J'AILLE PARLER AVEC SON PÈRE.
S'IL APPREND QUE TU APPARTIENS À LA FAMILLE MELINAS, IL TE TUERA SUR-LE-CHAMP...
J'EN PRENDS LE RISQUE !

ELLE NE PORTE PAS LE BIJOU DE RANACTÈS,
LE SERPENT VERT AUX YEUX ROUGES...
SÉNATEUR DAVIUS,
JE SUIS UNE AMIE DE PAULINA.
JE M'ASSOCIE À VOTRE DOULEUR...
JE NE VOUS CONNAIS PAS !
QUE VOUS ARRIVE-T-IL ?
ELLE A UN MALAISE.
DE L'EAU VITE, AIDEZ-MOI !

LA MORT, JE VOIS LA MORT SUR VOUS...
QU'EST-CE QU'ELLE RACONTE !?
C'EST UNE DEVINERESSE, ELLE A DES VISIONS.
UNE FOLLE, OUI !
OÙ EST LE BIJOU DE RANACTÈS ?
MAIS QUI ÊTES-VOUS ?
ELLE S'APPELLE SALOMÉ, MAÎTRE, ESCLAVE DE LA FAMILLE MELINAS. JE L'AI VUE PLUSIEURS FOIS ACCOMPAGNER SA MAÎTRESSE AUX THERMES !
COMMENT OSES-TU ?
NE ME TOUCHEZ PAS !
EN CE JOUR DE DEUIL JE TE LAISSE LA VIE SAUVE. MALDAR, JETTE-LA DEHORS !

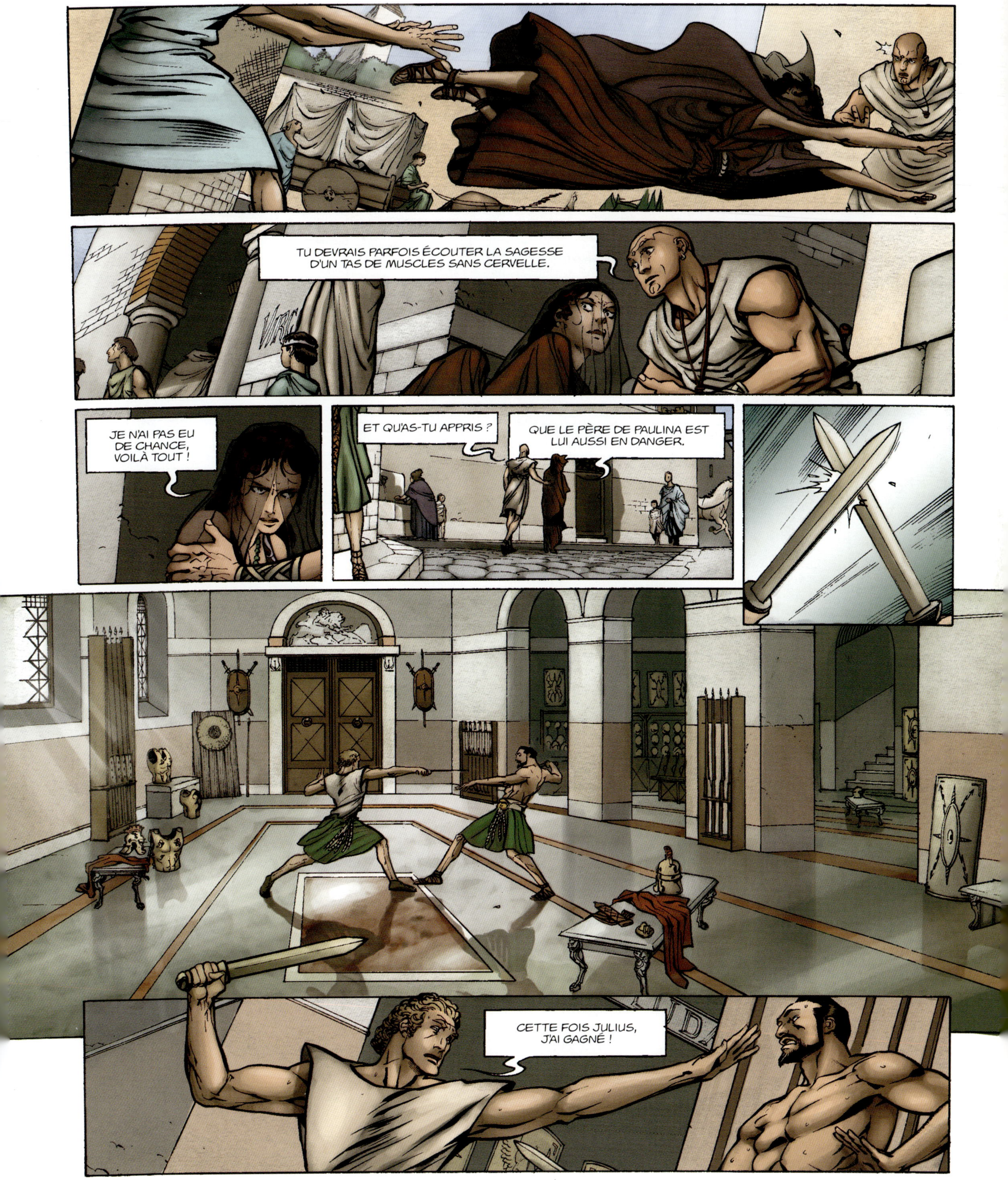
TU DEVRAIS PARFOIS ÉCOUTER LA SAGESSE D'UN TAS DE MUSCLES SANS CERVELLE.
JE N'AI PAS EU DE CHANCE, VOILÀ TOUT !
ET QU'AS-TU APPRIS ?
QUE LE PÈRE DE PAULINA EST LUI AUSSI EN DANGER.
CETTE FOIS JULIUS, J'AI GAGNÉ !

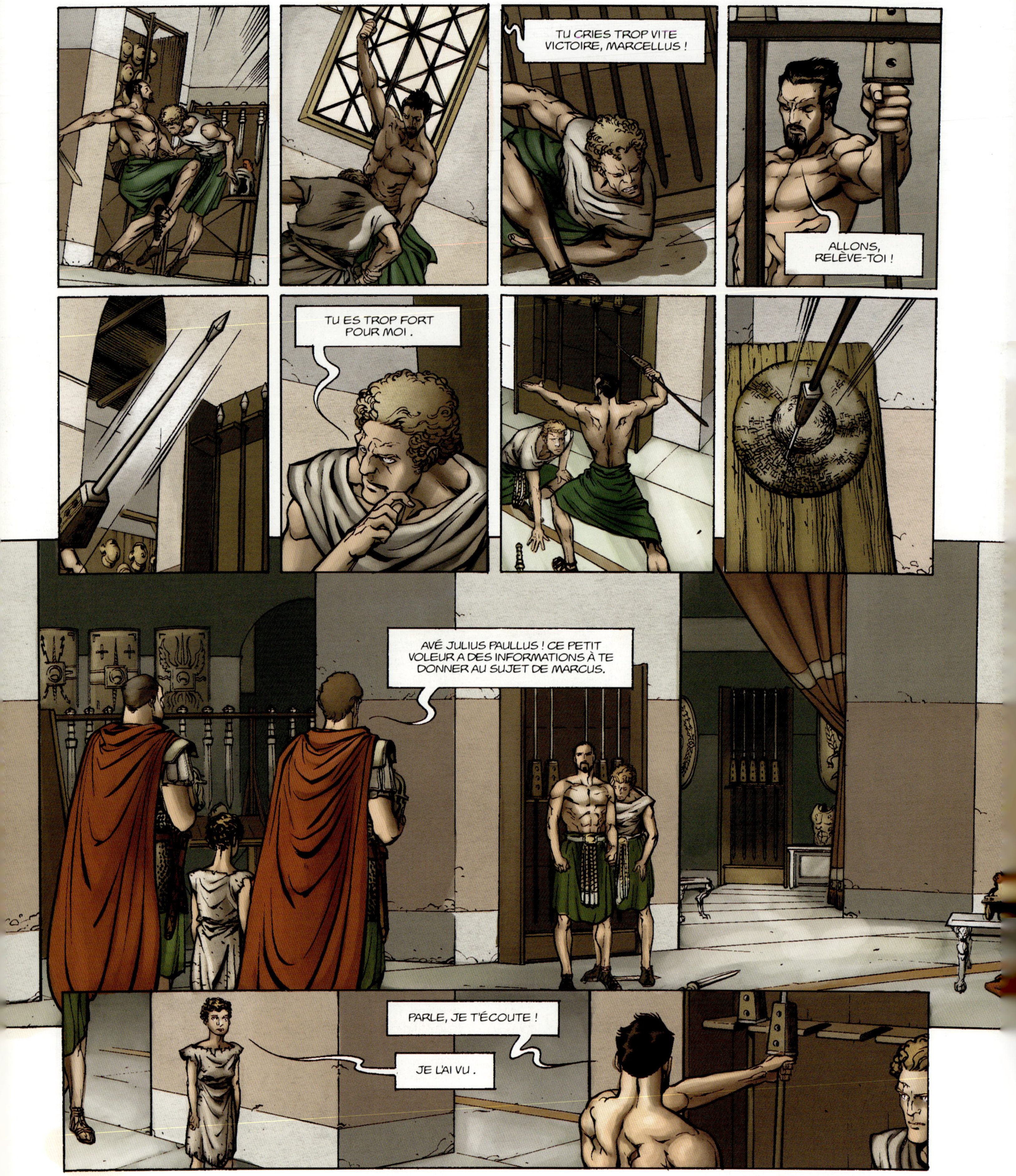
TU CRIES TROP VITE VICTOIRE, MARCELLUS !
ALLONS, RELÈVE-TOI !
TU ES TROP FORT POUR MOI .
AVÉ JULIUS PAULLUS ! CE PETIT VOLEUR A DES INFORMATIONS À TE DONNER AU SUJET DE MARCUS.
PARLE, JE T'ÉCOUTE !
JE L'AI VU .

OÙ ?
CHEZ UN AFFRANCHI QUI S'APPELLE XENOR.
QUE FAISAIS-TU CHEZ CET AFFRANCHI ? TU LE VOLAIS ?
QU'IMPORTE ! RACONTE !
COMMENT AS-TU RECONNU MARCUS MELINAS ?
JE L'AI VU AU TRIOMPHE, DERRIÈRE L'EMPEREUR.
TU VAS NOUS CONDUIRE CHEZ CE XENOR. EN ÉCHANGE TU SERAS LIBRE...
MARCELLUS, RASSEMBLE LES HOMMES.
JULIUS !
IL FAUT QUE JE TE PARLE.
MÈRE, JE N'AI PAS LE TEMPS, LA VENGEANCE M'APPELLE...
ÉPARGNE MARCUS ! TROP DE SANG A COULÉ À ROME, LE PEUPLE NE VEUT PLUS DE MEURTRES NI DE VENGEANCES, MAIS LA JUSTICE.

TU SAIS COMBIEN J'AIMAIS PAULINA ET...
JE LE SAIS ! MAIS LA FAMILLE MELINAS EST ADMIRÉE À ROME, ET MARCUS S'EST ILLUSTRÉ EN BRETAGNE. TU TE PERDRAIS À LE TUER.
RÉFLÉCHIS ! SI TU LE TRAÎNES DEVANT L'EMPEREUR POUR ÊTRE JUGÉ, TOUT LE MONDE APPRÉCIERA TA LOYAUTÉ ET CEUX QUI SERAIENT DEVENUS TES ENNEMIS EN LE TUANT DEVIENDRONT ALORS TES AMIS...
FAIS-MOI CONFIANCE JULIUS ! AS-TU DÉJÀ REGRETTÉ DE M'AVOIR ÉCOUTÉE ?
TU AS VU SALOMÉ ?

ROME GROUILLE DE SOLDATS ET DE MOUCHARDS. IL EST PRÉFÉRABLE D'ATTENDRE.
JE NE PEUX PLUS. POURQUOI NE VIENT-ELLE PAS ?
CALME TON SANG SI JEUNE QUI BOUILLONNE DANS TES VEINES... SALOMÉ FERA TRIOMPHER LA VÉRITÉ, PARCE QU'ELLE EST DIGNE DE SON ILLUSTRE PÈRE.
PARLE-MOI DE LUI, SALOMÉ EST SI TRISTE À L'ÉVOCATION DE SON NOM.
C'ÉTAIT UN GRAND SAVANT. DES ROIS DE TOUT L'ORIENT VENAIENT À CIRTA POUR LE RENCONTRER.
JE REVOIS SALOMÉ ENFANT... VÉRITABLE PETIT SOLEIL BRILLANT DE MILLE FEUX.
SA MÈRE EST MORTE EN COUCHES ET SALOMÉ A BIEN FAILLI LA SUIVRE AU ROYAUME DES MORTS.
ELLE Y A SÉJOURNÉ UN COURT INSTANT AVANT DE REVENIR PARMI NOUS. C'EST SANS DOUTE CETTE BRÈVE RENCONTRE AVEC LES DIEUX QUI LUI A VALU SON DON.
QU'EST DEVENU SON PÈRE ?
... UN JOUR LES SOLDATS ROMAINS SONT ENTRÉS DANS CIRTA POUR RÉPRIMER UNE RÉVOLTE...

... LA MAISON DU PÈRE DE SALOMÉ A ÉTÉ SACCAGÉE ET SALOMÉ TRAÎNÉE À L'EXTÉRIEUR POUR ÊTRE VIOLÉE... SON PÈRE S'EST INTERPOSÉ...
... ET L'A SAUVÉE. BEAUCOUP D'ENTRE NOUS ONT ÉTÉ EMMENÉS À ROME POUR Y ÊTRE VENDUS COMME ESCLAVES. PERSONNE NE SAIT CE QU'EST DEVENU LE PÈRE DE SALOMÉ. PROBABLEMENT MORT...
... EXÉCUTÉ PAR LES ROMAINS.
CETTE FOIS JE NE FUIRAI PAS ! DONNE-MOI UNE ARME, XENOR !
JE N'EN AI PAS...
TU NE M'ÉCHAPPERAS PLUS MARCUS !

À MORT !
À MORT !
NE BOUGE PAS SALOMÉ, TU TE TRAHIRAIS !
ALLONS VOIR XENOR !
XENOR !
MA PETITE SALOMÉ !
FAIS TRIOMPHER LA VÉRITÉ COMME TON PÈRE L'A TOUJOURS FAIT... ADIEU SALOMÉ !
NON, XENOR, NOOOON !

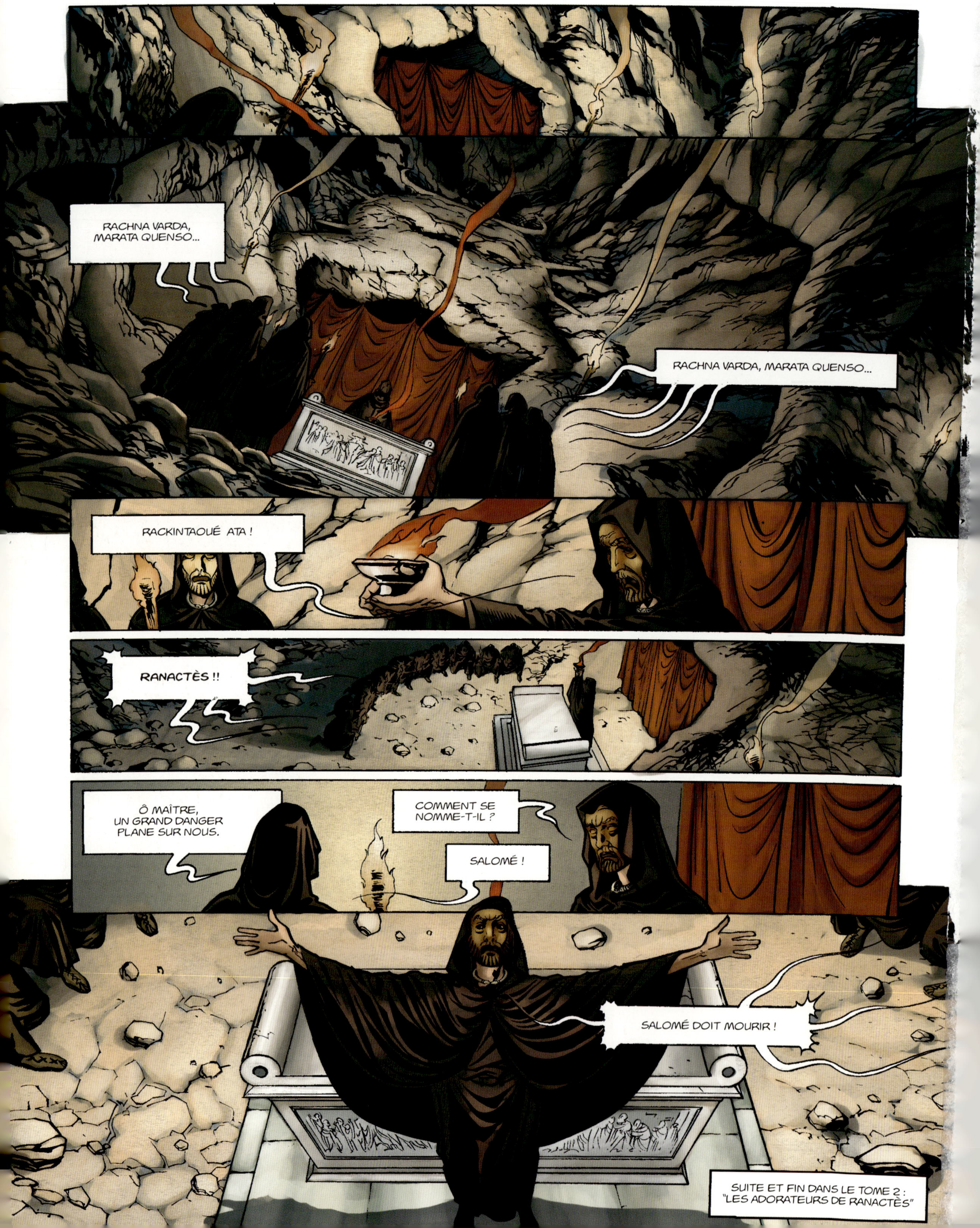
RACHNA VARDA, MARATA QUENSO...
RACHNA VARDA, MARATA QUENSO...
RACKINTAOUÉ ATA !
RANACTÈS !!
Ô MAÎTRE, UN GRAND DANGER PLANE SUR NOUS.
COMMENT SE NOMME-T-IL ?
SALOMÉ !
SALOMÉ DOIT MOURIR !
SUITE ET FIN DANS LE TOME 2 : "LES ADORATEURS DE RANACTÈS"